Sammlung von Gedichten

Jacob van Hoddis

Morgens

Ein starker Wind sprang empor.
Öffnet des eisernen Himmels blutende Tore.
Schlägt an die Türme.
Hellklingend laut geschmeidig über die eherne Ebene der Stadt.
Die Morgensonne rußig. Auf Dämmen donnern Züge.
Durch Wolken pflügen goldne Engelpflüge.
Starker Wind über der bleichen Stadt.
Dampfer und Kräne erwachen am schmutzig fließenden Strom.
Verdrossen klopfen die Glocken am verwitterten Dom.
Viele Weiber siehst du und Mädchen zur Arbeit gehn.
Im bleichen Licht. Wild von der Nacht. Ihre Röcke wehn.
Glieder zur Liebe geschaffen.
Hin zur Maschine und mürrischem Mühn.
Sieh in das zärtliche Licht.
In der Bäume zärtliches Grün.
Horch! Die Spatzen schrein.
Und draußen auf wilderen Feldern
singen Lerchen.

Der Morgen des Philosophen

Er spricht: »Nicht ängstlich an Gestaden
Auf offnem Meere will ich baden
(Ha! der Vergleich ist ein gewagter!):
Ich werde frei vom Frohn der Zeiten
Zum kosmisch-schöpferischen schreiten.« –
(Kosmisch, sagt er.)
Er wandelt kühn um seinen Tisch, er wandelt schon die ganze Nacht
Wohl in dem gelben Lampenlicht
Das jetzt am blauen Tag zerbricht
(Die ganze Nacht hat er umgebracht!
So ein Kerl!)

Klage

Wird denn die Sonne alle Träume morden,
Die blassen Kinder meiner Lustreviere?
Die Tage sind so still und grell geworden
Erfüllung lockt mit wolkigen Gesichten.
Mich packt die Angst, daß ich mein Heil verliere.

   Wie wenn ich ginge, meinen Gott zu richten.

Zweifel

Da diese Nächte uns nur Morgen sind
Für Feuertage, die wir nicht erkennen,
Darf ich in trüber Luft, als blödes Kind,
Verängstigt noch um Liebesstunden flennen.

   Schon zucken Stadt und Meer vor Himmelssöhnen,
Die ihre ersten Zornespfeile senden,
Im Lampenlicht schon Helle; dieses Dröhnen
Verlorner Nächte spricht von Mittagsbränden.

Waltende

Dem Bürger fliegt vom spitzen Kopf der Hut,
In allen Lüften hallt es wie Geschrei.
Dachdecker stürzen ab und gehn entzwei
Und an den Küsten – liest man – steigt die Flut.

   Der Sturm ist da, die wilden Meere hupfen
An Land, um dicke Dämme zu zerdrücken.
Die meisten Menschen haben einen Schnupfen.
Die Eisenbahnen fallen von den Brücken.

Varieté

I

Loge

Ein Walzer rumpelt; geile Geigen kreischen;
Die Luft ist weiss vom Dunst der Zigaretten;
Es riecht nach Moschus, Schminke, Wein, nach fetten
Indianern und entblössten Weiberfleischen.

   Ah! Schwimmen in der dicken Luft die vielen
Dämlichen Köpfe, die ins Helle glotzen?
Drei Weiber lässt man auf der Bühne spielen,
Die süsslich mit gemeinen Gesten protzen.

II

Der Athlet

Und der Athlet tritt auf und staunen kannst de,
Wie er ein Brett mit seiner Faust zerhaut.
Er geht einher mit ungeheurem Wanste
Und feistem Arm und Nacken, schweissbetaut.

   Und kurze Hosen schlottern um die Beinchen,
Die sind zu dünnen Stöckchen deformiert.
Prunkende Seide seine Füsschen ziert.
Ach! sind die niedlich! Wie zwei rosa Schweinchen.

III

Der Humorist

Ein alter Mann in einem neuen Fracke
Plärrt jetzt seine Liebesabenteuer.
Und besonders nach gewissen neuern
Abenteuern,
Spricht er, gleiche er dem Wracke,
Das auf den Wellen wackle ohne Rast,
Der Winds-»Braut« preisgegeben, ohne Steuer,
Sogar mit halb verfaultem »Mast«.

IV

Tanz

Ein kleines Mädchen mit gebrannten Löckchen
In einem Hemd ganz himmelblau –
Die blossen Beine trippeln ohne Söckchen.
Sie singt: »Ach, tu mir nichts zuleide!
Ach Du! Heut werd ich Deine Frau.«
Dann tanzt sie gierig und mit Chic
Zu einer holprigen Musik.
Und durch die Wirbel blauer Seide
Siehst de den jungen Leib genau.

V

Die Inderin

Sie hebt den dünnen Arm; da duckt zum Sprunge
Das dunkle Pantherpaar, durch sieben Reifen
Fährt es hindurch mit elegantem Schwunge.

Und ihre bösen starken Pranken streifen
(Wenn sie verwirrt zurück zum Käfig taumeln)
Die Perlenschnüre, die ... von einem lila Gurte ...
Um ihrer nackten Herrin Hüften baumeln.

VI

Ballet

Neger schlenkern aufrecht mit den Beinen,
Auf dem Rumpfe gelbliche Trikots.
Und dazwischen tanzen unsere frechen kleinen
Weiber blond und nackend; ganz famos
Angezogen:
Nur mit goldenen Stöckelschuhn,
Mit denen sie die fauchenden Athleten
Behende in die dicken Nasen treten.

VII

Die Soubrette

Ein Weibsbild kommt als Jägersmann
Und schiesst auf ihrer Flinten.
Und sieht sich einen Vogel an
Und zeigt sich uns von hinten.

Ihr Hintern biegt sich unerhört
Auf Beinen stramm wie Säulen.
Sie singt: »Mich hat die Lieb verstört
Juchhei! im grünen Walde ...«

VIII

Die Tänzerin

Wie mich die zärtlichen Gelenke rühren,
Dein magrer Nacken, Deiner Kniee Biegen!
Ich zürne fast. Werde ich Dir erliegen?
Wirst Du zu jenem Traum zurück mich führen,

Den ich als Knabe liebend mir erbaute
Aus süssen Versen und dem Spiel der schönen
Schauspielerinnen, linden Geigentönen
Und Idealen, die ich klaute?

Ach! keine fand ich jenem Traume gleich,
Ich musste weinend Weib um Weib vermeiden,
Ich war verbannt zu unermessnen Leiden,
Und hasse jenen Traum. Ich spähe bleich,

Und sorgsam späh ich wie Dein Leib sich wende,
Nach jeder Fehle, die im Tanz du zeigst,
Ich bin dir dankbar, da du doch am Ende
Mit einem blöden Lächeln dich verneigst.

IX

Schluss: Kinematograph

Der Saal wird dunkel. Und wir sehn die Schnellen
Der Ganga, Palmen, Tempel auch des Brahma,
Ein lautlos tobendes Familiendrama
Mit Lebemännern dann und Maskenbällen.

Man zückt Revolver, Eifersucht wird rege,
Herr Piefke duelliert sich ohne Kopf.
Dann zeigt man uns mit Kiepe und mit Kropf
Die Älplerin auf mächtig steilem Wege.

Es zieht ihr Pfad sich bald durch Lärchenwälder,
Bald krümmt er sich und dräuend steigt die schiefe

Felswand empor. Die Aussicht in der Tiefe
Beleben Kühe und Kartoffelfelder.

Und in den dunklen Raum – mir ins Gesicht -
Flirrt das hinein, entsetzlich! nach der Reihe!
Die Bogenlampe zischt zum Schluss nach Licht -
Wir schieben geil und gähnend uns ins Freie.

X

Draussen

Die Sommernacht ist schwer nur zu ertragen!
Vier Herren gehn mit abgeknöpftem Kragen.
Ein Lackbeschuhter stelzt der Schnepse nach ...
Da polterts her – Ein langgedehnter Krach:
Der Donner!
Au!
Ist die Reklame plump,
Blitz!
Ein feiner Mensch liebt nicht den lauten Mum-
pitz!
Das klingt ja ganz, als ob der dicke nackte
Weltgeist
Ganz vertrackte Katarakte im Tackte kackte.

Die Himmelsschlage

Sonne glüht und Nächte schweigen,
Aus den hellen Fenstern steigen
Die Gespenster,
Unzucht treibend
In der Luft.
Und die Stadt
Verhüllt der Duft
Ihrer Schnapsgesichter.
»Laßt uns durch die großen Hallen
Der betörten Himmel wallen;
Denn der Mond ist doch schon fern.
Es verglomm der Grimm der Sterne.
Ist es Funkel, ist es dunkel,
Ist es Sang, Gebet, Gemunkel,
Sind's Paläste oder Plunder?
Schweigt, wir sind im Reich der Wunder.«

Hunderttausend Heere ziehen
Durch die Wolkenplane.
Hunderttausend Freunde fliehen
Vor der Wolken Karawane.
Ach, dem Denker wird es übel,

Der das Heut' bedenken soll.
Steckt ihn in den Wasserkübel.
Er ist toll.

    Die Wolken winden sich wie Leinentuch,
Im Himmel spür' ich gräßliche Exzesse.
Die Engel fürchten sich vor Gottes Fluch
Und haben Zigaretten in der Fresse.

    Denn Luzifer ist heute eingeladen
Und geht mit einem sicherlich zu Bett.
Durch sieben Himmel zieht in dicken Schwaden
Dampf von Tabak und Armesünder-Fett.

Der Oberlehrer

Gewaltig hockt er auf dem Tisch und spricht
Von Theben und Athen, heut nachmittag.
Ein grauer Schurrbart starrt durch sein Gesicht
Er riecht nach saurem Brot und nach Tobak.

    Sein kahles Haupt umwettert der Gedanke
Von Theben heiliger Schaar, von Pindar spricht er
Der Primus reibt sich an der alten Banke
Die meisten machen willige Gesichter.

    Er spricht von Theben heute nachmittag
Einige heben ihre kleinen Hände,
Einige kitzeln leise sich am Sack
Und gucken schläfrig auf die leeren Wände.

    »Wer hat soeben auf den Tisch gehauen?«
Durch die betrübten Fenster schimmern Wolken.
Die Jungen sitzen staunend und verdauen. -
Der Lehrer wird jetzt in der Nase polken.

Italien

I

Laß ab mit Gesten trauriger Poeten
In Reim und Wohllaut sinnig zu verklingen,
Du brauchst auch nicht als schlauster der Propheten
Probleme lösend, nach Erlösung ringen.

    Hier spreizen sich die keck zum Dom verpraßten
Rundbogen, Mosaiken, Marmorquasten.
Venedigs Lüfte kitzeln deine Haut.

    Auf Säulchen thronen hier Geflügelgreife.
Steinerne Löwen heben ihre Schweife.
Ein Dampfer kommt und raucht und tutet laut.

Und leise staunend gondle durch die Buntheit,
Nur noch zu sanften Räuschen der Gesundheit
Sahst du am Lido tausend Weiber nackt?

O, lobe die Lagunen, die so stinken,
In süße Tage wirst du bald versinken
Vergnügt, Genießer, oft befrackt.

II

So ward er klug und hat sich tief entzückt
An jedem Dinge, das ihn angeblickt.

An jedem Hauch, der ihn aus Gärten anweht,
An jedem Heldengauch, der ihn nichts angeht.

Am weißen Tag und purpurnen Geweben,
Und Bildern keusch und bunt, an Dunst und Tal,
An wilden Kirchen, wo die Engel schweben,
Am festgefügten schweigenden Portal!
Nun steht er da auf einem breiten Platze,
Und weiß nicht mehr; zu welchem Wunder wandern.
Die Häuser prunken eines wie die andern,
Die Sonne glüht als fette Feuerglatze.
Ja, hätt' ich Feinde zu endlosen Kämpfen,
Ließe mein Haß mich viele Straßen gehen.
Hat nicht den Teufel mit den Schwefeldämpfen
Sich Gott zum Zeitvertreib einst angestellt?
Er steht und grübelt, seine Sinne flehen:
Entdecke dir die Häßlichkeit der Welt.

III

Doch ein Palast stand huldvoll in Florenz,
Er hob sich starr in steile Sonnengluten
Mit reichem runden, steinernen Gekränz,
Sein Tor verzierten wuchtige Voluten.
Er sprach: »O Mensch! du weißt doch, was wir lehren!
Gebildeter! schon Goethe hat erkannt es:
Wer wird das Leben unnütz sich erschweren!
Man stell sich auf und sei was imposantes.

Du aber liebst dir das Geabenteure,
Du blickst bedenklich selbst zur schönsten Zinnung.

Lockt dich der Hohn der Zweifel und das Neure?
An meinen Quadern scheitre deine Sinnung.

Entschließe dich, auf Goethens Pfad zu schreiten
Mit Männertritt und würdig froh gelaunt!

Sein weißer Schlafrock glänzt durch die Gezeiten.«
Sprach der Palast. Ich war nicht schlecht erstaunt.

IV

Der Mittag kam mit Staub und sehr viel Hitze,
Ich tat mich langsam auf das Kanapee.
Nun liegst du da, du stilisierter Fritze,
Das ist bequemer als am Gardasee
Landschaft zu schlürfen, oder zu Firenze
Die Hallen Michelozzos, Frühlingstänze
Des Sandro Botticelli oder sowas.
Ach bleib, ach bleib, Genießer, ohne Ende,
Zu schnarchen hier, im Lustrevier des Sofas!

Ich gähnte stolz. So stürze dich verwegen,
Toll, ja toll, mit jauchzendem Munde,
Den Kopf durch die Wände
Deinen gefährlichsten Wünschen entgegen.
So sprach zu mir die allerstillste Stunde.
Und kein Klavier, kein Baby hat
Geschrien im ganzen Haus.
Und die Sonne, die Sonne lag über der Stadt,
Und brütete Wanzen aus.

V

So waren wir auch in Italien Gäste,
Und haben dort so manchen Tag verschlafen.
Wir tranken Wein in Kinematographen,
Und krochen durch die Gärten und Paläste.

Und gaben manchmal uns den ungestümen
Facaden hin, Gewölben und Kapellen,
Schlanken Pilastern und den ungetümen
Und dicken süßen Leibern in Bordellen.

Legende

In Indien – sagt man – weint der Mond Kristalle,
Den schattenloser schwerer Traum umwand.
Und wer des Mondes Träne drunten fand,
Der geht gefeit vor Tod und jähem Falle.

Nun mag die Pest der Völker Leiber fretzen
Und Hunger sie auf Wegen müde hetzen.
Er aber quert die Nacht und die Gewimmer,
In Händen haltend nie versiegten Schimmer.

Nacht

I

Und Schmock im Rock
Und Mann in Bart,
Jetzt in der Bar
Zu Paaren gepaart
Und bunter Plunder
Und Strümpfchen verflucht
Seid ihr das Wunder,
Das heut ich gesucht?
   Wir suchten auf Straßen
Auf und ab. Auf und ab.
Wir standen und saßen
Und liefen im Trab.
Ganz über die Maßen
Erwartungsvoll
Jetzt ist das Lokal verjohlt und voll.

II

Es hebt sich ein rosa Gesicht
Von der Wand
Es strahlt ein verwegenes Licht
Von der Wand
Es kracht mir der Schädel
Beim Anblick der Wand
Es träumt mir ein Mädel
Beim Anblick der Wand

   O Wand, die in meine leblosen Stunden starrt
Wand, Wand, die meine Seele mit Wunder genarrt
Mit Langweile und grünlichem Kalk
Mein Freund. Meiner Wünsche Dreckkatafalk.

   Soeben erscheint mir der Mond
An der Wand.
Es zeigt mir Herrn Cohn seine Hand
An der Wand.
Es schnattert wie Schatten
Pretiös an der Wand.

   Verflucht an der Wand!
Und heut an der Wand!
Was stehen denn so viel Leut
An der Wand?

III

Ja ich träume. Eine Tasse
Steht auf einem Tische rund,
Ach was ist denn diese crasse
Sache, die ich sehend hasse?
Tut sie nicht ein Wunder kund?!

Ja ich werde mich begnügen
Daß es solch ein Ding noch gibt
Das sich nicht mit Engelsflügen
Aufwärts hebt und fortbegibt.

Schließlich könnten Teller schweben
Stühle streckend alle vier
Beine aufwärts wie Epheben
Gott, mein Gott, ich danke Dir.

IV

Man fühlt sich dreckig und verlaust
Und träumt verwegen in den Morgenradau
Ein altes Weib hat auch gesungen
Wiegend die Brust. Ein Lockruf der Liebe.

Was war er früher so wohlvertraut
Der kranke Schimmel – vom Fenster aus
Heut trübt er mir die Abgedanken.
Ein grauer Wirbel. Man gähnt und träumt.

Vom gestrigen Abend, dem Tatenheld
Der Auto tückisch ins Zimmer schrie
Sterne wie Frauen und lumpige Stunden
Hat mir der schlampige Herr versprochen.
Nun bin ich dreckig und fast verlaust
Und steige betrübt in den Morgenzug.
Ein Philosoph hat auch geredet
Wiegend die Brust. Ein liebreicher Herr.

Tohub

Drei Männlein singen in der Höhe
Den gräßlichen Gesang:
Hast de Wanzen, Lause, Flöhe,
Wird die Zeit dir gar nicht lang.

Immer hast de was zu knacken,
Es krabbelt hier und da.
Darfst packen und darfst zwacken -
O je! Halleluja!

Was soll die Langeweile,
Wo edel du verkommst.
Minute wird zur Meile,
Du siehst nur Zeit und brommst.

Auf dem Schädel hörst du die Haare.
Hinter den Ohren wächst dir Gras,
Dein Kiefer wird zur Knarre,
Schwer ächzend durch die Jahre
Auf und ab ohn' Unterlaß.

Drei Männlein singen in der Höhe
Den gräßlichen Gesang:
Hast de Wanzen, Lause, Flöhe,
Wird dir die Zeit nicht lang.

Sie stiegen auf im Morgenrot
Und sangen Tag und Nacht,
Und störten Mittag- und Abendbrot
Und Luft und Erde kracht.

Der Idealist

Zerknautschte Jungfrau mit den Hängebrüsten,
Gedenkst du noch? Ich traf dich in der Tram.
Und wie wir uns am Lützowplatze küßten?
Ein Schutzmann schob sich drohend übern Damm.

»Natur! Natur! für fünf Mark siebzig!
»Das Männchen schenkt ... das Weibchen winkt ...
»Man träumt nicht erst und stellt verliebt sich ...
»Tja! Wir sind ehrlich zum Instinkt.«

Doch ach! Sie fand, es sei zu billig,
Das hat sie vor ihr selbst geniert.
Er – hat in ihres Hemdes Drülich
Von Seidenhöschen phantasiert.
Darauf, obzwar auf der Treppe vor einem
Tripper noch düstere Angst ihn durchfuhr,
Schwor er ohne Reue Treue
Dennoch nochmals trotzig seinem
Losungswort Natur! Natur!

Der Freund

Ich stieß den Dolch ihm in die Eingeweide –
Am Boden standen blanke Pfützen Blut.
Eh war noch Lärm, jetzt hüllt uns Schweigen beide.
Ich staunte wie ein Kind. Denn von der Wut
Des Suchens nach verlornen Paradiesen
War jede Kunde tot. Der Mittag dehnte
Sich selig auf der Höfe kahlen Fliesen.
Gewaltig war der Tag, wie ihn sein toter Freund ersehnte.

Andante

Auf blühen Papierwiesen
Leuchtend und grün
Da stehen drei Kühe
Und singen kühn:

»O Wälder, o Wolken
»O farbige Winde
»Wir werden gemolken
»Geschwinde, geschwinde ...

»In goldene Eimer
»Fließt unser Saft
»In farbige Reimer
»Ergießt unsere Kraft
»Wir stehen hier, im Chor beisammen,
»Auf knotigem Beine
»Und die Kräfte der Erde sind
»Angesammelt zu frohem Vereine.«

Sie bocken bei Tag und sie trillern bei Nacht.

Aurora

Nach Hause stiefeln wir verstört und alt,
Die grelle, gelbe Nacht hat abgeblüht.
Wir sehn, wie über den Laternen, kalt
Und dunkelblau, der Himmel droht und glüht.

Nun winden sich die langen Straßen, schwer
Und fleckig, bald, im breiten Glanz der Tage.
Die kräftige Aurore bringt ihn her,
Mit dicken, rotgefrorenen Fingern, zage.

Couplet

Bladdy Groth
War ein Mädchen von zartem Geblüt,
Bladdy Groth, Bladdy Groth ist tot.
Bladdy Groth war ein Mädchen von keuschem Geblüt
Und sie hat doch für viele Männer geglüht
Und keiner hat sich umsonst gemüht
Bladdy Groth, Bladdy Groth, Bladdy Groth.

Und die sang, und sie spielte und tanzte zur Nacht
Und sie hat mich dort öfters ausgelacht
Bladdy Groth, Bladdy Groth ist tot.

Und was haben wir alles mit ihr nicht gemacht
Und sie hat sich doch gar nichts dabei gedacht
Bladdy Groth, Bladdy Groth, Bladdy Groth.

Und ihr Nacken, er war wie von Küssen verzehrt
Und sie hat sich doch vor niemand gewehrt
Bladdy Groth, Bladdy Groth, Bladdy Groth.
Und die Augen, die schossen Blitze blau
Und ihr Kleid war meistens auch himmelblau
Und heut ist zu der Engel Frau
Bladdy Groth, Bladdy Groth, Bladdy Groth.
Ah, wie werden die geflügelten Lucifere ihr zusehn,
Wenn sie mit den Engeln tengelntateratata.
Ob es im Himmel, Bladdy Groth! Bladdy Groth!
Wohl Sekt gibt?

Der Todesengel

I

Mit Trommelwirbeln geht der Hochzeitszug,
In seid'ner Sänfte wird die Braut getragen,
Durch rote Wolken weißer Rosse Flug,
Die ungeduldig gold'ne Zäume nagen.

Der Todesengel harrt in Himmelshallen
Als wüster Freier dieser zarten Braut.
Und seine wilden, dunklen Haare fallen
Die Stirn hinab, auf der der Morgen graut.

Die Augen weit, vor Mitleid glühend offen
Wie trostlos starrend hin zu neuer Lust,
Ein grauenvolles, nie versiegtes Hoffen,
Ein Traum von Tagen, die er nie gewußt.

II

Er kommt aus einer Höhle, wo ein Knabe
Ihn als Geliebte wunderzart umfing.
Er flog durch seinen Traum als Schmetterling
Und ließ ihn Meere sehn als Morgengabe.

Und Lüfte Indiens, wo an Fiebertagen
Das greise Meer in gelbe Buchten rennt.
Die Tempel, wo die Priester Cymbeln schlagen,
Um Öfen tanzend, wo ein Mädchen brennt.

Sie schluchzt nur leise, denn der Schar Gesinge
Zeigt ihr den Götzen, der auf Wolken thront
Und Totenschädel trägt als Schenkelringe,
Der Flammenqual mit schwarzen Küssen lohnt.

Betrunkne tanzen nackend zwischen Degen,
Und einer stößt sich in die Brust und fällt.
Und während blutig sich die Schenkel regen,
Versinkt dem Knaben Tempel, Traum und Welt.

III

Dann flog er hin zu einem alten Manne
Und kam ans Bett als grüner Papagei.
Und krächzt das Lied: »O schmähliche Susanne!«
Die längst vergeßne Jugendlitanei.

Der stiert ihn an. Aus Augen glasig blöde
Blitzt noch ein Strahl. Ein letztes böses Lächeln
Zuckt um das zahnlose Maul. Des Zimmers Öde
Erschüttert jäh ein lautes Todesröcheln.

IV

Die Braut friert leise unterm leichten Kleide.
Der Engel schweigt. Die Lüfte ziehn wie krank.
Er stürzt auf seine Knie. Nun zittern beide.
Vom Strahl der Liebe, der aus Himmeln drang.

Posaunenschall und dunkler Donner lachen.
Ein Schleier überflog das Morgenrot.
Als sie mit ihrer zärtlichen und schwachen
Bewegung ihm den Mund zum Küssen bot.

Hymne

O Traum, Verdauung meiner Seele!
Elendes combination womit ich vor Frost mich schütze!
Zerstörer aller Dinge die mir feind sind;
Aller Nachttöpfe,
Kochlöffel und Litfaßsäulen ...
O du mein Schießgewehr.
In purpurne Finsternis tauchst du die Tage
Alle Nächte bekommen violette Horizonte
Meine Großmama Pauline erscheint als Astralleib
Und sogar ein Herr Satanitätsrat
Ein braver aber etwas zu gebildeter
Sanitätsrat
Wird mir wieder amüsant
Er taucht auf aus seiner epheuumwobenen Ruhestätte
– War es nicht soeben ein himmelblauer Ofenschirm
(He Sie da!)
Und gackt: »Sogar ...
(Frei nach Friedrich von Schiller)

O Traum, Verdauung meiner Seele
O du mein Schießgewehr.
Gick! Gack.

Indianisch Lied

Jetzt, Mädchen, sattle mein weißes Pferd,
Ein Ritt, da der Nachtmahr den Mond bedrängt,
Durch das dampfende Tal, da am Hexenherd
Der Freund der Indianer am Galgen hängt.

Zwölf Rosse brachen unter mir zusammen.
Zwölf Sonnen stürzten in den reißenden Strom ihre Flammen.
Doch am dreizehnten Tag um Mitternacht
Stand ich vor dem Toten und habe gelacht.

Ich blase die wütenden Totenfanfaren.
Armer versoffener Freund, nun bist du gestorben!
Ich bin der Indianer, der einst mit dir ritt,
Auf manchem Kriegspfad nahmst du mich mit
und wir haben die Länder und Leute verdorben,
und ich halt die Trompet und blas,
Faule Leiche, was grinst du so »monoise«,
Wo ich siebzehn Mal vom Galgen dich schnitt?
Ist meine Lust am Leben dir immer noch leid?

Doch der trampt auf im Galgentritt:
Nu, warum blust de die Trompeit?

Jetzt baut man Ton des Weltgerichts,
Und der Geist in den Lüften schreit.
Doch du wohnst, wohin du dich sehntest, im Nichts,
Und es tönt in den Höhen der Satansritt.

Doch der trampt auf im Galgentritt:
Nu, warum blust de die Trompeit?

Du nanntest dich Pumperpuckel auf Erden,
»Denn man muß als häßlicher Satan erscheinen«.
Schüsse in Kneipen und Diebstahl von Pferden,
Schmutziges Stöhnen in Häusern aus Steinen,
Lächelnde Tage und ruchloses Weinen,
Armselige Täuschung, die ich erlitt.
Pumperpuckel, du hattest Einen.
Hinter den Wolken das Mondlicht schreit.

Doch der trampt auf im Galgentritt:
Nu, warum blust de die Trompeit?

Du, Schulmeister, sagtest: »Du denkst nur in Worten,
Doch alle Worte sind Trug nur und Leid.
Du, du denkst nur in Worten, in Taten und Orten,
Da der Gott aller Wahrheit dein Reden bestritt,
Und der Unsinn den Weg alles Sinnens verschneit.«
Ich denke nicht Worte und rede doch mit,
Und der Traum meines Daseins träumt Wahrheit und Traum.

Das bleibt doch ein prächtiger Galgenschnitt,
Was bleibst du nur hängen am hölzernen Baum,
Wie sehr ich dich bitte: komm mit, komm mit?
Heil! der geflügelte Morgenwind öffnete die Himmelspforten des Lebens weit!

Doch der trampt auf im Galgentritt:
Nu, warum blust de die Trompeit?

Einen schallenden Gruß meinem alten Freund!
Ein fester Galgen hält gut.
Und wenn herbstlicher Strahl unsere Ebenen träumt
Und den Vortraum des Winters in Zelten räumt,
Viel Feuer, Wasser und Mut.
Doch der weißen Rose vergesse ich nie,
Die auf schwarzen Rossen einst kam.

Denn sie zwang ihren Krieger aufs zitternde Knie
Und der Pfeil am Bogen ward lahm,
Welt vergessen und Träume verhöhnen,
Tode verachten im Walde der Tiere.
Doch wie kann ich vergessen ein Lächeln der Schönen,
Ihrer Augen nackte Wildheit und ihre
Unberührte Brust!
Jener Brand von Schönheit, der täglich die Welt verwirrt,
Jene schattenhafte Trauer, die um meinen Wigwam abenteuert.
Giftige Pfeile von der Rose der Brenta entsandt.
Warum kennt mich der Tod und lockt mich vergebens?
Warum bin ich heiter, wenn über endlosem Land
Die dröhnende Sonne verbrennt wie am sagenhaften
Abend des verendenden Lebens?

O Nacht zärtlicher Sterne Gefunkel
In liebesklarer Luft
Lebendigen Traumes Flammendunkel.
Über schmalen Wegen der Bergeskluft,
Hoch im Gebirg' in den eisigen Gipfeln ein Raunen.
Musik der Seele. Tanz und Märchen erstaunen.

Mehr als zu sein und mehr als nicht zu sein!
Wer darf den Leib denn denken, den er liebt!
Wer darf vermessen durch die Wälder schrein,
Daß Gott ihm nie den Tag der Schönheit gibt?

Farbiger Rauch steigt auf aus den Städten der Qual,
Wo der weiße Bruder bedächtig die Tonpfeife raucht,
Wie ein Feuer von Fieberträumen hingehaucht,
Fern am lauernden Horizont.

Der Tag der Stadt

Am Abend

Ach! die glitschig nasse Planke
War ihm mächtig unbequem.
Sass er doch auf einer Banke
Und bedachte ein Problem.

Dachte, dachte; er war wichtig
Denn er gab sich das Gebot:
»Löse jene Frage richtig
Oder mach dich, bitte, tot.«

In der Bülowstrasse war es.
Ja, es war ein Abenteuer
Heldisch war und voll Gefahr es
Ward er dümmer? Ward er schläuer?

Ja! er sass auf einer Banke
Und er hatte ein Problem
Und die pitschenasse Planke
Ward ihm auch sehr unbequem.

Die Stadt

Ich sah den Mond und des ägäischen
Grausamen Meeres tausendfachen Pomp
All meine Pfade rangen mit der Nacht.

Doch sieben Fackeln waren mein Geleit
Durch Wolken glühend, jedem Sieg bereit.

»Darf ich dem Nichts erliegen, darf mich quälen
Der Städte weiten Städte böser Wind?
Da ich zerbrach den öden Tag des Lebens!«

Verschollene Fahrten! Eure Siege sind
Zu lange schon verflackt. Ah! helle Flöten
Und Geigen tönen meinen Gram vergebens.

Der Traum

Jawohl! Wir träumen oft von grossen Prünken
Und durch die goldene Stadt, als Triumphator
Kutschieren wir erhaben dem Senat vor
Und nackte Mädchen stehn auf Marmelstrünken.

Der Wagen fliegt den Vogelflug der Möwen
Trotzdem er köstlich teure Beute führt
Und diamantenes Geschirr umschnürt
Die Löwin und den Tibetaner-Löwen.

Da stürzt der Wagen. Plötzlich! Weh, verlieren
Die Löwen sich zu Wut der Wüstennächte
Weh! wer ist nahe der uns Hilfe brächte
Weh! in der Not! – Die Bestien coitieren.

Am Morgen

Er spricht: »Nicht ängstlich an Gestaden
Auf offnem Meere will ich baden -
Ha! der Vergleich ist ein gewagter!
Ich werde frei vom Frohn der Zeiten
Zum kosmisch-schöpferischen schreiten.« –
(Kosmisch, sagt er).
Er wandelt kühn um seinen Tisch, er wandelt wohl die ganze Nacht
Beglückt in seiner Lampe Licht,
Das jetzt am Tag am Blau zerbricht.
Die ganze Nacht hat er umgebracht!
(So ein Kerl!)

Lebendes Bild

Zwei Skribenten mit zu großer Neese
Sitzen vor der Wand aus gelbem Taft;
Und sie sorgen sich um die Synthese
Der Kultur und um die Jungfernschaft.
    Denn der Teufel schreitet durch die Mitte
Und ist gänzlich ohne innern Halt.
Feurig federn seine langen Schritte,
Schwarz und wechselnd ist er von Gestalt.
    Und er wedelt mit dem schlangenhaften Schweife;
Denn er hat mit einer Maus gehurt,
Und im Vordergrund raucht schon die Pfeife
Seine neugeborne Mißgeburt.

Der Teufel spricht

»Ein alter Leichnam kriecht aus seinem Loche
Im Eisenkleid nach alter Krieger Art.
Er tut es jeden Sonntag in der Woche.
Die Glocke dröhnt. Im Winde weht sein Bart.
Zum Morde hebt er die verfallne Linke,
Ihr wißt ja nicht, wie wohl das Geistern tut.
Mit seiner Rechten macht er Winke-Winke.
Aus sieben Wunden strömt er Rauch und Glut.«

    Ein kleiner Engel knaut und will nicht essen.
Fürwahr! Er hat den Teufel so geliebt.
Doch jetzt beschließt er, seiner zu vergessen.
Da er ihm nicht mal 'ne Zigarre gibt.
Doch jener sieht ihn an mit blassen Blicken.
Und freut sich sehr, daß sich der Kleine kränkt.
»Wie werden wir uns heute Nacht erquicken,
Doch die Zigarre kriegst'te nicht geschenkt.«

    Im Saale weiße Fliegenschwärme,
Der Dunst von Wein schlägt aus dem Mund der Zecher.

Im Saale taumeln weiße Fliegenschwärme,
Berauscht vom Zorn und vom Atem der Zecher.
Berauscht vom Atem der Zecher Scharen weißer Fliegen.
    Schwirren wie verrückte Tanten
Zu Bekannten
Und Folianten
Und zu unbekannten Kanten,
Schnatternd auf der Eisenbahn.
    Siehste woll!
Der Mann ist toll.
Seine Nase glüht und thront
Durch die Dünste wie der Mond,
Wenn er aufgeht.
Ob er, schrecklich zugerichtet,
Immer unerhörter dichtet,
Bis er draufgeht?
    Ich rauch die Zigarette
Und geh im Zimmer rum.
Der Teppich ist so kokette,
Ihn ziert gar manche Blum.

    Der Mond ist meine Tante,
Er schmoddert durch die Nacht.
Die Sonne, meine Großmama,
Hat nie an mich gedacht.

Karthago

Der eherne Stier speit Flammen. Durchs offene Tempeldach
Blitzern die Strahlen der Sonne.
Männer mit offenen Armen beten.
Einer verschwand in dem krachenden dampfenden ehernen Maul -
Knabenmänner, die zum Tanz sich drehten.

    O blaue Tage, Tage der blutigen Rosen,
Wo die bewaffneten Kähne die ewig bewegliche See durchschnitten.
Tage des Opfers und menschenmordender Bitten.
Wo die beschnittenen Priester mit sanft gleitenden Schritten
In den Winkeln der Gärten mit Frauen kosen.
Als Weib mit dem Weibe.
Und es zittern und klirren die Goldgeschmeide
Am heiligen Leibe.

    Tage der purpurnen Sonnenstrahlen.
Tage der Glut in der steinernen Stadt.
Tage der Liebe und Tage der Qualen.
Tage des Zorns in der totwunden Stadt.

    Über der blau donnernden Flut unermüdlicher Meere
Droht dir der Tod.
Hoch am Himmel steht der Komet bluteiternd und rot,

Ein Schwert, das die Leiber verzehrt,
Ein Drache der Wut.

   Blut bedeutet das träumende Licht in den Straßen,
Vernichtung und Blut.
Umsonst heult der eherne Stier mit feurigem Schlunde,
Eure Töchter und Söhne verbrennt ihr im gräßlichen Feuer vergebens.
Horch, es klingt der gläserne Tod durch die wüste Stunde.
Und es erstarrt im Mittagswunder der Traum und die Kraft eures Lebens.

Der Träumende

   Blaugrüne Nacht, die stummen Farben glimmen.
Ist er bedroht vom roten Strahl der Speere
Und rohen Panzern? Ziehn hier Satans Heere?
Die gelben Flecke, die im Schatten schwimmen,
Sind Augen wesenloser großer Pferde.
Sein Leib ist nackt und bleich und ohne Wehre.
Ein fades Rosa eitert aus der Erde.

Der Visionarr

Lampe blöck nicht.
Aus der Wand fuhr ein dünner Frauenarm.
Er war bleich und blau geädert.
Die Finger waren mit kostbaren Ringen bepatzt.
Als ich die Hand küßte, erschrak ich:
Sie war lebendig und warm.
Das Gesicht wurde mir zerkratzt.
Ich nahm ein Küchenmesser und zerschnitt ein paar Adern.
Eine große Katze leckte zierlich das Blut vom Boden auf.
Ein Mann indes kroch mit gesträubten Haaren
Einen schräg an die Wand gelegten Besenstiel hinauf.

Tristitia ante...

Schneeflocken fallen. Meine Nächte sind
Sehr laut geworden, und zu starr ihr Leuchten.
Alle Gefahren, die mir ruhmvoll deuchten,
Sind nun so widrig wie der Winterwind.

   Ich hasse fast die helle Brunst der Städte.

   Wenn ich einst wachte und die Mitternächte
Langsam zerflammten – bis die Sonne kam –,
Wenn ich den Prunk der weißen Huren nahm,
Ob magrer Prunk mir endlich Lösung brächte,

   War diese Grelle nie und dieser Gram.